Le Dragon de CRACOVIE

Un conte polonais raconté par Albena Ivanovitch-Lair

avec la contribution de Annie Caldirac

Illustré par Gwen Keraval

*Pour Maria du Souich,
merci de tout cœur.*

A. I.-L.

À Oscar et Malo.

G. K.

Père Castor ■ Flammarion

Au bord de la rivière Wisla, en Pologne,
sur le flanc d'une haute montagne,
s'ouvre une grotte profonde et obscure.
On dit qu'autrefois cette grotte était habitée
par le plus fort et le plus terrible des dragons.
Un dragon énorme à l'appétit vorace
qui ne dédaignait aucune nourriture,
ni les poules, ni les brebis,
ni les chevaux, ni même les hommes.

Le jour, l'horrible bête semait la terreur
dans les champs et dans les rues.
La nuit, ses ronflements faisaient trembler
la montagne et empêchaient de dormir
les habitants du voisinage.
Tous, hommes et animaux,
vivaient dans la crainte et l'effroi.
La tristesse et le malheur avaient envahi les cœurs.

Les habitants, qui n'en pouvaient plus,
allèrent trouver leur roi.
– Ce dragon nous terrorise, se plaignirent les paysans.
Nous n'osons plus aller travailler dans nos champs,
– Nos troupeaux sont massacrés, reprirent les bergers.
Nos chiens sont impuissants devant ce monstre.
Il faut absolument le tuer !
– Nous ne pouvons pas laisser nos enfants jouer dehors,
se lamentèrent les mères. Ils n'arrêtent pas de pleurer. Aidez-nous !

Le roi les écouta tous attentivement,
hocha la tête, puis annonça solennellement :
– Le temps est venu d'aller combattre le dragon.
Je promets une splendide récompense à celui
qui réussira à débarrasser le pays de ce cracheur de feu.

Un noble chevalier s'avança
et se déclara prêt à combattre la bête.
Il revêtit son armure la plus solide,
prit sa lance la plus longue
et enfourcha son cheval le plus rapide.

Il n'était même pas arrivé au sommet de la montagne
que le dragon souffla un jet de flammes
sur le courageux jeune homme
qui roula au fond d'un gouffre.

Tour à tour, les hommes
les plus valeureux du royaume
affrontèrent en vain la bête horrible.

Aucune arme ne réussit à atteindre le dragon :
les flèches glissaient sur sa peau,
les épées se tordaient, les lances se cassaient
comme des allumettes entre ses dents !
Beaucoup des guerriers perdirent la vie.

Les habitants commençaient à désespérer quand, un matin,
un jeune berger prénommé Crac demanda audience au roi.
Les courtisans, stupéfaits, virent s'avancer vers le trône
un jeune garçon pauvrement vêtu.
Lorsque Crac expliqua au roi qu'il voulait combattre le dragon,
tous éclatèrent de rire.
– Comment ose-t-il prétendre réussir
là où tant d'hommes courageux ont échoué ?
– Où sont ses armes, son casque ? Où est son cheval ?
– Sire, dit le jeune berger sans se démonter,
faites-moi confiance, vous ne le regretterez pas.

– Laissons-lui tenter sa chance,
décida le roi. S'il parvient à nous
débarrasser du dragon, je lui donnerai
la main de la princesse, ma fille.

Le jeune Crac s'inclina profondément
devant le roi et sortit.

De retour chez lui,
Crac prit des braises chaudes dans l'âtre
et la peau d'un mouton qui venait de mourir,
puis il se dirigea vers la montagne.

Arrivé devant la grotte du dragon,
il sortit la peau de mouton de son sac
et y fourra les braises encore fumantes.
Vite, il déposa le mouton à l'entrée
et alla se cacher derrière un rocher.

Le dragon ne tarda pas à se réveiller.
Tenaillé par une énorme faim,
il sortit de sa grotte avec un terrible grognement.
Dès qu'il vit le mouton,
il se jeta sur lui et l'avala d'une bouchée.
Mais aussitôt une terrible douleur
lui brûla le ventre.

Hurlant, soufflant et crachant,
le dragon se précipita vers la rivière.

Ouvrant grande sa gueule,
l'horrible bête but sans s'arrêter pendant des heures,
dans l'espoir d'éteindre l'incendie
qui lui dévorait les entrailles.

Toute l'eau que le dragon avait engloutie,
chauffée par les braises ardentes,
se mit à bouillir.
La vapeur lui dilata le ventre qui,
avec un énorme bang, éclata comme un ballon !

Alors le jeune Crac sortit de sa cachette
et appela les habitants de la ville.

Hommes, femmes et enfants
acclamèrent le jeune berger,
l'aidèrent à tirer la dépouille du dragon hors de l'eau
et dansèrent autour une joyeuse farandole.

Le roi vint féliciter Crac
pour son intelligence et son courage,
et comme promis, lui accorda la main de sa fille.

C'est ainsi que Crac le jeune berger
débarrassa le pays du dragon et épousa la fille du roi.

Quelques années plus tard, il devint roi à son tour.
Il n'oublia pas les malheurs qu'avait causés le dragon
et, pour mettre pour toujours ses sujets à l'abri,
il entoura la ville de puissantes murailles.

Et c'est ainsi qu'au bord de la rivière Wisla, en Pologne,
se dresse aujourd'hui une superbe cité aux remparts solides.
Elle porte le nom de Cracovie en souvenir du jeune Crac qui sauva ses habitants.

Imprimé par Pollina, Luçon, France - 12-2009 - Dépôt légal : janvier 2010 - L52002
Éditions Flammarion (L01EJDN004460) 87, quai Panhard-et-Levassor – 75647 Paris Cedex 13
Loi n° 49-956 du 16 juillet 1949 sur les publications destinées à la jeunesse